Meu livro violeta

IAN McEWAN

Meu livro violeta

seguido de

Por você

TRADUÇÃO
Jorio Dauster

COMPANHIA DAS LETRAS

Copyright My Purple Scented Novel © 2016 by Ian McEwan
Copyright For You © 2008 by Ian McEwan

Grafia atualizada segundo o Acordo Ortográfico da Língua Portuguesa de 1990, que entrou em vigor no Brasil em 2009.

Títulos originais
My Purple Scented Novel e For You

Capa
Claudia Espínola de Carvalho

Foto de capa
Edu Delfim

Preparação
Ana Cecília Agua de Melo

Revisão
Isabel Cury
Valquíria Della Pozza

Dados Internacionais de Catalogação na Publicação (CIP)
(Câmara Brasileira do Livro, SP, Brasil)

McEwan, Ian
    Meu livro violeta: seguido de Por você / Ian McEwan ; tradução: Jorio Dauster. — 1ª ed. — São Paulo : Companhia das Letras, 2018.

    Títulos originais: My Purple Scented Novel e For You.
    ISBN 978-85-359-3123-5

    1. Ficção inglesa I. Título.

18-15265   CDD-823

Índice para catálogo sistemático:
1. Ficção : Literatura inglesa   823
Iolanda Rodrigues Biode — Bibliotecária — CRB-8/1004

[2018]
Todos os direitos desta edição reservados à
EDITORA SCHWARCZ S.A.
Rua Bandeira Paulista, 702, cj. 32
04532-002 — São Paulo — SP
Telefone: (11) 3707-3500
www.companhiadasletras.com.br
www.blogdacompanhia.com.br
facebook.com/companhiadasletras
instagram.com/companhiadasletras
twitter.com/cialetras

Sumário

MEU LIVRO VIOLETA, 7

POR VOCÊ, 43

Meu livro violeta

Você terá ouvido falar de meu amigo Jocelyn Tarbet, um romancista que já foi célebre, mas cuja fama, assim suspeito, começou a declinar. O tempo pode ser cruel em matéria de reputação. Em sua lembrança, ele provavelmente está associado a um escândalo e a um ultraje já quase esquecidos. Você não teria ouvido falar de mim, o então obscuro romancista Parker Sparrow, até o meu nome ser publicamente vinculado ao dele. Para um grupelho de entendidos, nossos nomes continuam firmemente relacionados, como as duas extremidades de uma gangorra. Sua ascensão coincidiu com meu declínio, embora sem tê-lo causado. Depois, sua queda foi acompanhada por meu triunfo na batalha de todos os dias. Não nego que houve desonestidade. Roubei uma vida e não tenciono devolvê-la. Você pode tratar as poucas páginas que se seguem como uma confissão.

Para fazê-la por inteiro, preciso voltar quarenta anos no tempo, até a época em que nossas vidas se sobrepunham de um modo feliz e perfeito, parecendo fadadas a correr em paralelo rumo a um futuro compartilhado. Frequentamos a mesma universidade, fizemos o mesmo curso — literatura inglesa —, publicamos nossos primeiros contos em revistas estudantis com nomes como *Faca em seu olho*. (Afinal, onde iam buscar nomes como esses?) Éramos ambiciosos. Queríamos ser escritores, escritores famosos, até mesmo grandes escritores. Viajávamos juntos nas férias e líamos os contos um do outro, fazíamos comentários impulsivamente honestos, transávamos com as namoradas um do outro e, talvez mais de uma vez, tentamos atrair um ao outro para um relacionamento homoerótico. Atualmente sou gordo e careca, mas naquela época tinha cabelos encaracolados e era esbelto. Gostava de pensar que me parecia com Shelley. Jocelyn era alto, louro e musculoso, com um queixo bem definido, a imagem escrita e escarrada do *Übermensch* nazista. Mas ele não tinha o menor interesse por política. Nosso relacionamento não passava de uma pose de jovens metidos a boêmios. Achávamos que aquilo nos tornava fascinantes. A verdade é que cada um de nós sentia repugnância ao ver o pênis do outro. Cada um fazia muito pouco com e no outro, mas a gente adorava deixar todo mundo pensar que a gente fazia de tudo.

Nada disso interferia em nossa amizade literária. Não acho que, naquele tempo, fôssemos realmente competitivos. Mas, em retrospecto, eu diria que larguei na frente. Fui o primeiro a publicar numa revista literária genuína, editada por adultos — *The North London Review*. Ao final de nossa formação universitária, obtive notas bem melhores que as de Jocelyn. Decidimos que essas coisas eram irrelevantes, então elas acabaram sendo isso mesmo. Nos mudamos para Londres e alugamos quartos em Brixton distantes apenas alguns quarteirões um do outro. Publiquei meu segundo conto, então foi um alívio quando ele publicou seu primeiro. Continuamos a nos encontrar com frequência, tomar porres, ler os textos um do outro, frequentar os mesmos meios literários agradavelmente insignificantes. Até mesmo começamos, quase ao mesmo tempo, a escrever resenhas de livros para os jornais respeitáveis de maior circulação.

Os dois anos que se seguiram ao fim da universidade marcaram o ponto culminante de nossa juventude fraternal. Crescíamos rápido. Ambos trabalhávamos em nossos primeiros romances, que tinham muito em comum: sexo, badernas, um toque de apocalipse, algum desespero (como estava na moda) e ótimas piadas sobre tudo que pode dar errado entre um jovem homem e uma jovem mulher. Éramos felizes. Não havia nenhum obstáculo em nosso caminho.

Surgiram então duas barreiras. Jocelyn, sem me dizer nada, escreveu o roteiro de uma peça para televisão. Naquela época, eu pensava que esse tipo de coisa era indigno de nós. Éramos sacerdotes no templo da literatura. A televisão não passava de um mero instrumento de recreação, lixo para as massas. Estrelada por dois atores famosos, a peça foi logo produzida e tratava apaixonadamente de uma boa causa

— falta de moradia ou desemprego — que eu nunca ouvira ser mencionada por Jocelyn. Foi um sucesso: ele passou a ser comentado, elogiado. Criou-se uma boa expectativa em relação ao seu primeiro romance. Nada disso teria importado se, ao mesmo tempo, eu não tivesse conhecido Arabella, uma rosa inglesa, ampla, generosa e calma, uma garota engraçada que é minha mulher até hoje. Naquela altura eu já tinha tido dezenas de amantes, mas Arabella foi a última. Ela me dava tudo de que eu precisava em matéria de sexo, amizade, aventura e variedade. Tal paixão, em si mesma, não era suficiente para se interpor entre mim e Jocelyn, ou entre mim e minhas ambições. Muito pelo contrário. O temperamento de Arabella era generoso, sem ciúmes e abrangente, além de que ela havia gostado de Jocelyn de cara.

O que mudou foi o fato de que tivemos um filho, chamado Matt, e nos casamos quando ele completou um ano. Meu quarto em Brixton não podia nos acomodar por muito tempo. Fomos para o sul, rumo aos distritos postais mais longínquos do sudoeste de Londres, primeiro para o sw12 e depois para o sw17. De lá, chegava-se a Charing Cross numa viagem de trem de vinte minutos, mas isso após uma caminhada de vinte e cinco minutos pelas ruas do subúrbio. Meus artigos ocasionais não bastavam para nos sustentar. Arranjei um emprego de meio período numa faculdade local. Arabella ficou grávida de novo — ela adorava ficar grávida. O emprego na faculdade se tornou de período integral ao mesmo tempo que saiu meu primeiro romance. Houve elogios; houve críticas amenas. Seis semanas depois, foi publicado o primeiro romance de Jocelyn — um sucesso imediato. Embora não tenha vendido muito mais que o meu (naquele tempo, as vendas não eram tão importantes), o nome do meu amigo já se tornara conhecido. Procurava-se avidamente uma nova voz, e o canto de Jocelyn era mais melodioso do que o meu jamais poderia ser.

Sua aparência e altura (caracterizá-lo como nazista seria injusto — ele era mais um Bruce Chatwin com a carranca de Mick Jagger), a rápida sucessão de namoradas interessantes e o estropiado carro esporte que ele dirigia, um MGA, contribuíam para sua reputação. Será que eu sentia inveja? Acho que não. Estava apaixonado por três pessoas — nossos filhos me pareciam seres divinos. Tudo que diziam ou faziam me fascinava, e Arabella também continuava a me fascinar. Logo voltou a ficar grávida, e nos mudamos para o norte, para Nottingham. Por causa das responsabilidades como professor e pai, levei cinco anos para escrever o segundo romance. Houve elogios, um pouco mais do que na vez anterior; houve críticas, um pouco menos do que na vez anterior. Só eu me recordava da vez anterior.

A essa altura, Jocelyn havia publicado seu terceiro romance. O primeiro já fora adaptado para o cinema num filme estrelado por Julie Christie. Ele tinha tido um divórcio, uma casa chique em Notting Hill, muitas entrevistas na televisão, muitas fotografias em revistas de estilo de vida. Costumava dizer coisas hilariantes e mordazes sobre o primeiro-ministro. Estava se transformando no porta-voz da nossa geração. Mas eis a coisa surpreendente: nossa amizade nada sofreu. Sem dúvida, se tornou mais intermitente. Estávamos ocupados em nossos distintos reinos. Precisávamos acertar as agendas com grande antecedência para nos encontrarmos. Vez por outra, ele viajava para se encontrar comigo e com minha família toda. (Quando nasceu nosso quarto filho, nos mudamos ainda mais para o norte, para

Durham.) Mas, em geral, era eu que viajava para o sul a fim de encontrar-me com ele e Joliet, sua segunda esposa. Eles moravam numa grande casa vitoriana em Hampstead, bem perto do parque.

Na maioria das vezes, bebíamos, conversávamos e passeávamos no parque. Se você estivesse nos escutando, não ouviria nada que sugerisse que ele era famoso e que as minhas perspectivas literárias estavam degringolando. Ele partia do pressuposto de que minhas opiniões eram tão importantes quanto as suas, nunca se mostrava condescendente. Lembrava-se até mesmo das datas dos aniversários de meus filhos. Sempre me instalavam no melhor quarto de hóspedes. Joliet era acolhedora, Jocelyn convidava amigos que pareciam, sem exceção, animados e simpáticos. Cozinhava grandes refeições. Como dizíamos com frequência, ele e eu éramos uma "família".

No entanto, é claro, havia diferenças que nenhum dos dois podia ignorar. Minha casa em Durham era bem agradável, mas tinha bagunça de criança, um monte de gente e além do mais era fria no inverno. As cadeiras e os tapetes tinham sido destruídos por um cão e dois gatos. A cozinha estava sempre cheia de roupas sujas porque era lá que ficava a máquina de lavar. Os cômodos estavam todos abarrotados por uma mobília de pinho cor de gengibre que nunca tivemos tempo de pintar ou trocar. Raramente havia mais de uma garrafa de vinho na despensa. As crianças eram divertidas, mas caóticas e barulhentas. Vivíamos do meu modesto salário e do trabalho de meio período de Arabella como enfermeira. Não tínhamos um tostão na poupança e poucos luxos. Era difícil encontrar em casa um lugar para ler. Ou encontrar um livro.

Por isso, era um alívio para os sentidos dar um pulo na casa de Jocelyn e Joliet e passar o fim de semana ali. A enorme biblioteca, as mesinhas de centro em que se amontoavam livros recém-lançados, os vastos e bem encerados assoalhos de tábuas escuras de carvalho, os quadros, os tapetes, um piano de cauda, partituras para violino numa estante de música, as toalhas empilhadas no meu quarto, o assombroso chuveiro, o silêncio de adultos que permeava a casa, o senso de ordem e a limpeza que só uma arrumadeira que vem todos os dias pode proporcionar. Havia um jardim com um antigo salgueiro, um terraço com pedras cobertas de musgo, um amplo gramado, muros altos. E, mais que tudo, o lugar era impregnado por um espírito de abertura mental, curiosidade, tolerância e gosto pela comédia. Como eu poderia ficar longe daquilo?

Suponho que devo confessar a existência de um solitário sentimento sombrio, uma vaga inquietação que nunca manifestei. Para ser honesto, a coisa não me perturbava tanto assim. Eu tinha escrito quatro romances em quinze anos — um feito heroico levando em conta que eu dava muitas aulas, cuidava dos meus filhos e não tinha muito espaço para trabalhar. Todos os quatro estavam fora de catálogo. Eu não tinha mais editor. Sempre enviava um exemplar de cada livro que eu publicava para meu velho amigo com uma dedicatória calorosa. Ele me agradecia, porém nunca fazia nenhum comentário. Tenho certeza absoluta de que, depois dos nossos dias em Brixton, ele jamais leu uma linha escrita por mim. Jocelyn também me mandava exemplares de seus romances assim que eles eram publicados — nove para meus quatro. Tendo escrito longas cartas apreciativas a respeito dos dois ou três primeiros, decidi, para manter o equilíbrio de nossa amizade, dar o troco na mesma moeda. Nunca mais voltamos a nos falar ou escrever sobre os livros de um ou do outro — o que se revelou uma boa ideia.

Chegamos assim aos cinquenta anos, com mais de meia vida já vivida. Jocelyn era um patrimônio nacional e eu — bem, era errado pensar em termos de fracasso. Todos os meus filhos tinham cursado ou cursavam universidades; eu ainda jogava um tênis decente; meu casamento, após algumas rachaduras, rangidos e duas crises explosivas, se mantinha de pé; e corria o boato de que eu seria nomeado professor titular durante aquele ano. Além disso, estava escrevendo meu quinto romance — mas essa parte não vinha correndo muito bem.

E agora entro no núcleo da história, a inclinação crucial da gangorra. No começo de julho, segui de Durham para Hampstead, como costumava fazer logo depois de corrigir os exames finais. Como das outras vezes, me sentia num estado de agradável exaustão. Mas não se tratava de uma visita como as outras. No dia seguinte, Jocelyn e Joliet iriam para Orvieto e lá ficariam uma semana, e eu tomaria conta da casa — alimentando o gato, regando as plantas e me valendo do espaço e do silêncio a fim de trabalhar nas tortuosas cinquenta e oito páginas do meu romance.

Quando cheguei, Jocelyn tinha saído para resolver uns assuntos e Joliet me recebeu afetuosamente. Ela era especialista em cristalografia de raios X no Imperial College, uma mulher magra e bonita, com uma voz baixa e cálida, sem o menor formalismo. Tomamos chá no jardim, pondo a conversa em dia. E então, após uma pausa e um franzir de testa introdutório, como se tivesse planejado o momento, ela me falou sobre Jocelyn, como as coisas não andavam bem no seu trabalho. Ele tinha terminado a última versão de um romance e estava deprimido. O livro ficara aquém de suas ambições, pois se supunha que seria uma obra importante. Estava se sentindo péssimo. Não se achava capaz de melhorá-lo mas também não tinha coragem de destruí-lo. Ela é que havia sugerido que tirassem uns dias para perambular pelos caminhos cobertos de pó branco nas imediações de Orvieto. Ele precisava de descanso e distância de seus escritos. Enquanto continuávamos sentados à sombra do enorme salgueiro, me contou como Jocelyn andava abatido. Ela havia se oferecido para ler o romance, mas ele recusara — coisa bem razoável porque Joliet não era mesmo uma pessoa com pendores literários.

Quando ela terminou, comentei em tom despreocupado: "Tenho certeza de que o livro pode ser salvo se ele simplesmente ficar longe por algum tempo".

Partiram na manhã seguinte. Dei comida para o gato, preparei um segundo café e só então espalhei minhas folhas numa escrivaninha no quarto de hóspedes. A casa enorme e sem um grão de poeira estava silenciosa. Mas meus pensamentos voltavam sem cessar ao que Joliet me contara. Parecia muito estranho que meu amigo, sempre tão bem-sucedido, estivesse atravessando uma crise de confiança. O fato me interessava, até mesmo me alegrava um pouco. Depois de uma hora, sem tomar nenhuma decisão, fui andando meio à toa na direção do escritório de Jocelyn. Fechado à chave. No mesmo espírito de disponibilidade mental, caminhei até o quarto do casal. De nossos dias em Brixton, lembrava onde ele costumava guardar a maconha. Não levei muito tempo para descobrir a chave, no fundo da gaveta de meias.

Você não vai acreditar, porém eu não tinha nenhum plano. Só queria ver.

Em cima da escrivaninha, uma grande e velha máquina de escrever elétrica ronronava — ele se esquecera de desligá-la. Jocelyn era um dos muitos profissionais do mundo literário que se recusavam a usar computadores. As páginas datilografadas estavam bem ali, numa pilha impecável, seiscentas páginas — longo, mas não insuportavelmente longo. O título era *O tumulto*, e abaixo dele se lia, a lápis, "quinta versão", seguido da data da semana anterior.

Sentei-me na cadeira do escritório de meu velho amigo e comecei a ler. Duas horas mais tarde, como se num sonho, dei uma parada e fiquei no jardim por uns dez minutos, quando resolvi que devia dedicar-me a meu próprio e deplorável esforço. Em vez disso, me vi levado de volta à escrivaninha de Jocelyn. Hesitei diante dela, depois me sentei. Passei o dia lendo, parei para jantar, retomei a leitura até tarde, acordei cedo e terminei na hora do almoço.

Era magnífico. De longe o melhor dele. Melhor do que qualquer romance contemporâneo que eu me lembrasse de haver lido. Se disser que era tolstoiano em sua ambição, era também modernista, proustiano, joyciano na execução. Tinha momentos de alegria e de terrível sofrimento. A prosa de Jocelyn era mais melodiosa que nunca. Era cosmopolita, nos mostrava Londres, nos mostrava o século XX. A composição dos cinco personagens principais me deixou pasmo pela verdade de cada um, pelo brilho de cada um. Me senti como se conhecesse aquelas pessoas desde sempre. Às vezes pareciam próximas demais, demasiado reais. O final — algo como cinquenta páginas — era sinfônico na majestosa lentidão com que se desdobrava, triste, contido, honesto — e caí no choro. Não apenas pelas provações dos protagonistas, mas por toda a concepção soberba, a compreensão do amor, do remorso e do destino, e a ardorosa empatia com a fragilidade da natureza humana.

Levantei-me da escrivaninha. Distraidamente, observei um tordo, que parecia estar mal das pernas, saltitando para a frente e para trás no gramado em busca de alguma minhoca. Não digo isso em minha defesa, porém mais uma vez eu não tinha nada planejado. Só sentia a euforia de uma experiência de leitura extraordinária, uma espécie de gratidão profunda que não é estranha a todos que amam a literatura.

Digo que não tinha nenhum plano, porém sabia o que faria em seguida. Simplesmente pus em prática o que outros poderiam ter apenas imaginado. Movimentei-me como um zumbi, distanciando-me de minhas próprias ações. Também disse a mim mesmo que só tomava precauções, que provavelmente nada resultaria do que eu estava fazendo. Essa racionalização serviu como uma almofada, uma proteção vital. Hoje, olhando para trás, me pergunto se fui motivado pelas falsificações de Lee Israel, pelo conto "Pierre Menard" de Borges, ou pelo romance de Calvino *Se um viajante numa noite de inverno*. Ou por um episódio num romance que tinha lido no ano anterior, *A informação*, de Martin Amis. Soube, de boa fonte, que Amis baseou tal episódio numa noite em que andou bebendo com outro romancista, aquele (a memória me falha) com um nome escocês e uma atitude de inglês. Ouvi dizer que os dois amigos se divertiram imaginando todas as formas como um escritor poderia arruinar a vida de outro. Mas o que eu estava fazendo era diferente. Pode soar improvável, à luz do que se seguiu, mas naquela manhã não passava pela minha cabeça a ideia de causar nenhum mal a Jocelyn. Só pensava em mim mesmo. Tinha ambições.

Levei o calhamaço para a cozinha e meti numa sacola plástica. Cruzei Londres de táxi até uma rua obscura onde sabia existir uma loja em que se faziam fotocópias. Voltei, devolvi o original à escrivaninha de Jocelyn, tranquei o escritório, apaguei minhas digitais da chave e a guardei de novo na gaveta de meias.

De volta ao quarto de hóspedes, peguei em minha maleta de mão um dos cadernos em branco — sempre recebo vários no Natal — e pus mãos à obra, trabalhando para valer. Fiz longas anotações do romance que acabara de ler. A primeira entrada datava de dois anos antes. Deliberadamente me afastei do tema várias vezes e persegui ideias irrelevantes, mas retomando sempre a linha central da história. Escrevi depressa durante três dias, enchendo dois cadernos, esboçando cenas. Troquei os nomes dos personagens, alterei aspectos de seus passados, dos lugares onde viviam, detalhes de seus rostos. Consegui embutir temas secundários de meus romances anteriores. Até mesmo me citei. Achei que Nova York seria um bom substituto para Londres. Então compreendi que nunca seria capaz de dar vida a nenhuma cidade como Jocelyn fizera, retornando por isso a Londres. Trabalhei duro e comecei a sentir que estava sendo realmente criativo. Afinal, o romance não seria menos meu do que dele.

No resto do tempo em que fiquei lá, digitei os três primeiros capítulos. Poucas horas antes que eles chegassem, deixei um bilhete para Jocelyn e Joliet dizendo que tinha precisado voltar para o norte para um compromisso na universidade. Você pode pensar que eu estava me comportando como um covarde, que era incapaz de me confrontar com o homem de quem havia furtado a obra. No entanto, não era bem assim. Queria ir embora e continuar a trabalhar. Já tinha escrito vinte mil palavras e estava desesperado para seguir em frente.

Em casa, disse a Arabella, com toda a honestidade, que a semana tinha sido um sucesso absoluto. Estava no encalço de algo importante. Queria passar as férias de verão trabalhando naquilo, o que fiz ao longo de julho. Em meados de agosto, imprimi a primeira versão e queimei numa fogueira do jardim as fotocópias. Fiz inúmeras correções nas páginas, digitei minhas emendas e no início de setembro a nova versão ficou pronta. Convenhamos, o romance ainda era de Jocelyn. Havia passagens brilhantes dele que deixei quase intactas. Mas havia palavras minhas o bastante para me permitir uma sensação de posse orgulhosa. Eu havia salpicado as páginas com o pó de minha identidade. Incluí até mesmo uma referência a meu primeiro romance, que um dos personagens aparece lendo — numa praia.

Meu editor, numa daquelas limpezas radicais da chamada "segunda leva", tinha, "com imenso pesar", me riscado do mapa. Estava livre em matéria de contratos. Em vez de publicar por conta própria na internet, escolhi uma antiquada editora de autopublicação chamada Lindos Livros. Foi um processo desalentadoramente rápido. Dentro de uma semana tinha em mãos um exemplar de *A dança que ela recusou*. A capa era violeta, com letras douradas gravadas em fonte Copperplate bem floreada, e as páginas eram ligeiramente perfumadas. Assinei um e mandei, por correio registrado, para meu querido amigo. Sabia que ele não o leria.

Tudo isso foi feito antes que as aulas recomeçassem em fins de setembro. Durante o outono, nas horas vagas, mandei o livro para amigos, livrarias, jornais, cuidando sempre para incluir um bilhetinho esperançoso. Dei exemplares a lojas de caridade desejando obter uma humilde circulação. Meti outros nas prateleiras de sebos. Num e-mail, Jocelyn me disse que havia posto de lado *O tumulto* e estava trabalhando em uma coisa nova. Eu sabia agora que a única coisa a fazer era esperar — e torcer.

Dois anos se passaram. Fiz minhas visitas habituais a Hampstead, quando evitamos, como de praxe, falar sobre nossos livros. Naquele período, com exceção de minha mulher, não ouvi ninguém falar sobre *A dança que ela recusou*. Arabella se encantou com o livro, ficando indignada, e depois furiosa, porque ele fora ignorado. Disse-me que meu amigo famoso deveria estar fazendo algo para ajudar.

Respondi-lhe com toda a calma que era uma questão de orgulho não pedir nada a ele. Nas viagens a Londres, eu distribuía mais exemplares da obra nos sebos. Na época do Natal, eu já tinha mais ou menos uns quatrocentos livros em circulação.

Três anos transcorreram entre o aparecimento de *A dança que ela recusou* e *O tumulto*. Como eu imaginava, alguns amigos haviam dito a Jocelyn que ele havia escrito seu melhor romance e que precisava publicá-lo. Quando isso aconteceu, a imprensa, como eu também imaginava, se transformou num doce coro de agitados pássaros canoros em êxtase total. Fiquei quieto, na expectativa de que o processo que eu havia iniciado ganhasse ímpeto sozinho. No entanto, como ninguém tinha lido minha versão perfumada, nada poderia acontecer. Fui obrigado a dar um empurrãozinho. Enviei minha obra num envelope comum para um crítico ranzinza e fofoqueiro do *Evening Standard* de Londres. Meu bilhete anônimo dizia, em Courier 16: "Por acaso isto não é parecido com um romance de grande sucesso publicado no mês passado?".

O resto você já sabe. Uma violenta tempestade varreu minha casa e a de Jocelyn. Todos os ingredientes corretos. Um vilão miserável, um herói calado. Um patrimônio nacional derrubado do seu pedestal num golpe, apanhado com a boca na botija, um velho amigo na pior, traído, passagens inteiras roubadas, a própria ideia furtada, assim como os personagens, nenhuma explicação plausível oferecida pelo culpado, cujos amigos agora compreendiam sua relutância em publicar, dezenas de milhares de exemplares de *O tumulto* retirados das livrarias e destruídos. E o velho amigo? Digno, se recusou a condenar, fechou as portas para entrevistas — e, é claro, foi revelado como um gênio, o melhor romance em anos, um clássico moderno, um homem agradável, querido por alunos e colegas, desprezado por seus editores, os livros fora de catálogo. Depois a disputa pelos direitos, todos os direitos, das obras anteriores mas também de *A dança*, agentes e leilões envolvidos, direitos para as adaptações e gente de cinema envolvida. Depois os prêmios — Booker, Whitbread, Medici, Critics Circle concedido num demorado e ruidoso banquete. Exemplares da edição da Lindos Livros vendidos por cinco mil libras na AbeBooks. Depois, quando a poeira baixou mas meu livro ainda vendia como pão quente, artigos circunspectos acerca da natureza da cleptomania literária, a estranha compulsão de ser apanhado e os atos de autodestruição artística na meia-idade.

Fui frio nos e-mails e telefonemas trocados com Jocelyn. Dei a entender que estava ofendido, mas não afirmei nada, desejoso de cortar os contatos, ao menos naquele momento. Quando ele me disse como estava pasmo, limpei a garganta, fiz uma pausa, e depois o lembrei do exemplar que lhe havia enviado. De que outro modo poderia ter acontecido? Finalmente, dei uma entrevista, para uma revista da Califórnia. Tornou-se a versão por assim dizer oficial, reproduzida pelo restante da imprensa. O jornalista teve livre acesso aos meus cadernos, cartas de recusa das editoras, cópias dos bilhetes esperançosos que havia juntado a meus exemplares violeta. Ele viu como eu morava numa casa modesta e apinhada de gente; conheceu minha encantadora mulher e meus filhos simpáticos. Escreveu sobre minha dedicação à sublime causa da arte, sobre minha tranquila relutância em criticar um velho amigo, sobre as indignidades sofridas por mim sem queixas ao ter de publicar por conta própria, sobre a redescoberta de brilhantes livros anteriores num fenômeno comparável ao de John Williams. Graças ao semanário americano, me tornei um santo.

Em minha vida privada, tudo bem previsível. Passado algum tempo, compramos uma velha e grande casa, na saída de uma cidadezinha a cinco quilômetros de Durham. Um rio imponente atravessa a propriedade. Quando comemorei sessenta anos, dois netos estavam presentes. No ano anterior, eu aceitara o título de cavaleiro concedido pela rainha. Continuo a ser um santo, um santo extremamente rico, e estou perto de me transformar num patrimônio nacional. Meu sexto romance não foi tão bem recebido pelos críticos, embora as vendas tenham quase chegado ao patamar das obras de J. K. Rowling. Acho que posso parar de escrever. Não acho que alguém vá se importar com isso.

E Jocelyn? Também previsível. Ninguém no mundo editorial quer chegar perto dele, tampouco os leitores. Vendeu a casa, se mudou para Brixton, nosso antigo habitat, onde, segundo ele, de todo modo se sente mais confortável. Dá aulas noturnas de escrita criativa em Lewisham. Fico satisfeito em saber que Joliet continuou com ele. E não há problemas entre nós. Continuamos próximos. Perdoei-o completamente. Ele nos visita com frequência, e sempre fica no melhor quarto de hóspedes, com vista para o rio, onde gosta de pescar trutas e remar por longas distâncias. Às vezes Joliet vem junto. Gostam de nossos velhos amigos da universidade, que são gentis e tolerantes. Muitas vezes ele cozinha para todos nós. Acho que é grato pelo fato de que não voltei a acusá-lo, nem de leve, de haver aberto aquele exemplar da edição violeta e perfumada.

Vez por outra, tarde da noite, quando estamos sentados diante da lareira (de bom tamanho!), bebendo e repassando aquele episódio curioso, aquele desastre, ele volta a me expor a teoria que vem refinando ao longo dos anos. Nossas vidas, ele diz, sempre foram interligadas. Falamos sobre tudo milhares de vezes, lemos os mesmos livros, vivenciamos juntos e compartilhamos tantas coisas que, curiosamente, nossos pensamentos e nossa imaginação se fundiram de forma tão profunda que acabamos escrevendo mais ou menos o mesmo romance.

Atravesso a sala com uma garrafa de um Pomerol decente para encher de novo nosso copo. Não passa de uma teoria, digo a ele, mas é uma teoria benigna, uma ideia carinhosa que celebra a própria essência de nossa longa e indestrutível amizade. Somos uma família.

Erguemos nossos copos.

Tim-tim!

Por você

Ópera em dois atos de Michael Berkeley
Libreto de Ian McEwan

ATO I

Cena um

Luzes baixas. Sons dissonantes da orquestra se aquecendo. Violinos com as cordas soltas, súbitas escalas dos metais e das madeiras. Lentamente o caos começa a se organizar.

Enquanto isso, CHARLES FRIETH *sobe ao palco, com a batuta na mão, e vai em direção à orquestra. Ele é um eminente compositor de sessenta e poucos anos, ensaiando uma de suas primeiras peças.*

Vindo das sombras, a ele se junta ROBIN, *seu secretário.*

Mais ao fundo se nota a movimentação de MARIA, *a empregada doméstica polonesa do casal Frieth, uma mulher deselegante.*

CHARLES   Não me diga.

Conheço esse seu jeito.

Por quanto tempo ainda posso contar com eles?

ROBIN   Só mais vinte minutos. Ou então

temos que pagar horas extras.

Maestro, o senhor sabe que as regras são rígidas.

CHARLES   Que se danem suas regras, rapaz.

ROBIN   As regras não são minhas.

CHARLES   Eu disse que se danem suas regras.

Ergue a batuta.

Esta foi uma longa manhã.

Estou cansado e infeliz.

Começando a ficar de mau humor.

Vamos tentar de novo, da letra D,

O *tutti* com a pauta de *piano*...

Enxuga a testa com uma toalha e deixa que ela caia nas mãos de Maria.

Ele rege, a música encontra seu caminho.

Ternamente...
Docemente...
Agora, força!

Charles se afasta, absorto em seus pensamentos, confiante enquanto a música continua.

Não me comove
Esta música de quando eu era mais jovem,
quando meu nome era desconhecido
e eu vivia à base de sexo,
cigarros e sanduíches,
quando me apaixonava a cada duas semanas.
Eu a ouço claramente, cada parte complexa,
eu a entendo, até admiro,
mas não consigo sentir seu fervor,
sua nostalgia, a fome intensa,

a ânsia de novidade daquele moço.
Ela agora não me comove.

O carro está pronto, meu senhor!
A mesa de sempre, maestro?
O ministro da Cultura está esperando.
Um homem famoso com uma mulher rica —
mas
a percepção turva, o poder evanescente,
a resistência, a audácia, o vigor murchando
sob o peso dos anos.
O longo descenso rumo à inutilidade.
O destino de todos os homens, como é banal,
mas ainda assim me enfurece, o relógio
que marca minha extinção.
Pare! Chega! Como posso fazer isso parar?

Ele está outra vez diante da orquestra.

E parar, e parar, e parar!
Porra, mandei parar.

Estou aqui sacudindo os braços para quê?

A orquestra vai parando aos poucos, desordenadamente. Silêncio.

Não sou nem surdo nem idiota.
Ouvi uma nota errada, uma nota falsa,
um fá sustenido onde devia ser sol,
uma agulha quente em meu ouvido.
Foi a trompa. Você, é, você mesma, minha querida.

Joan põe-se de pé, segurando o instrumento. Robin dá um passo à frente, ansioso.

ROBIN Charles, ela é uma instrumentista muito promissora.

CHARLES Você, minha querida. Sim, você.

JOAN Dei o meu melhor com o que o senhor escreveu.

ROBIN   Isso não. Meu Deus, por favor, outra vez não...

CHARLES   Você já tocou esse troço antes?

JOAN   A nota era alta, quase acima do registro do instrumento.

ROBIN   Humilhação, depois perdão, depois sedução.

CHARLES   Você sabe de que lado tem que soprar?

JOAN   Vou tentar de novo. Por favor, me deixe tentar de novo.

Trio

{ROBIN
{Charles, ela é uma excelente instrumentista.
{Isso não, meu Deus, por favor...
{Humilhação, depois perdão, depois sedução.

{CHARLES
{Você, minha querida. Sim, você.
{Já tocou esse troço antes?
{Sabe de que lado tem que soprar?

{JOAN
{Dei o meu melhor com o que o senhor escreveu.
{A nota era alta, quase acima do registro do instrumento.
{Vou tentar de novo. Por favor, me deixe tentar de novo.

Joan sai, angustiada. Charles sai separadamente. Robin permanece com a orquestra.

Cena dois

A sala de visitas da casa dos Frieth em Londres. A mulher de Charles, Antonia, observa enquanto Simon Browne, um cirurgião, que toma um drinque, admira os quadros na parede.

ANTONIA Obrigada por ter vindo me ver em casa.

SIMON Estou aqui como um velho amigo, não como seu médico.

ANTONIA Deveria estar aguardando minha vez em sua sala de espera.

SIMON Outra oportunidade para ver essas belezas... Ancher, Munther, O'Keeffe.

E você...

ANTONIA Sim, alguns dizem que essas pintoras estavam prestes a se tornar grandes artistas.
Mas, Simon, olhe para mim. Estou com tanto medo.
Outra operação. Não aguento.
Não dá para esperar um pouco mais?
Preciso te perguntar: não existe outro jeito?

SIMON Uma resseção e uma biópsia só para tirar a dúvida.
Um procedimento relativamente simples.
Confie no que estou dizendo, não há alternativa,
E precisamos agir agora.

Ele faz uma pausa.

É aquele velho medo que te persegue?

ANTONIA Sim. É ridículo, eu sei.
Meu velho medo.

A anestesia, a anestesia geral.
A palavra "geral" soa tão sinistra
a meus ouvidos.

SIMON Perfeitamente segura nos dias de hoje.
Quantas vezes
precisamos discutir isso?

ANTONIA Tenho pavor do momento da perda de
consciência,
esse ensaio para a morte.
O enfermeiro alegre com a maca
vindo me pegar na enfermaria.
Penso em Caronte, o barqueiro,
me carregando sobre as águas do rio Estige.
Depois, corredores, luzes fluorescentes no teto,
o elevador para uma salinha especial,
as vozes que buscam me acalmar,
a cânula inserida, o veneno químico,
a frieza subindo pelo meu braço

com uma velocidade brutal,
e então nada, nada.

SIMON   Exatamente, nada, e nada a temer,
E quando acordar...

Sem ser notada, Maria entra com uma bandeja.

ANTONIA   Se acordar. O que aquele poeta escreveu sobre a morte?
A anestesia de que ninguém acorda.

SIMON   Nessas horas é melhor não pensar em Larkin.

ANTONIA   Sei que você acha que sou neurótica.

SIMON   Sei que você é uma mulher infeliz.

Ele faz uma pausa.

Onde está Charles? Ele sabe?
Ouvi o concerto no rádio.
Não finjo que gosto da música dele.

Parece que ele vai arrancando as notas daqui e
dali,
E que barulheira! Um coro de gatos no cio!
Mas eu não passo de um simplório que prefere
Vivaldi.

ANTONIA Está trabalhando até tarde.

SIMON Outra vez?

ANTONIA Trabalhando até tarde outra vez.
Trabalhar é a resposta à qual nos agarramos,
trabalhar é nosso eufemismo doméstico.
Vivemos uma vida privilegiada repleta de
mentiras.

SIMON (*baixinho*)
Você precisa fazer a mala.
Volto para pegá-la à noite
Se achar um leito vazio.

Ele se aproxima dela, hesita.

Coisas demais para dizer.

ANTONIA   Sim. Coisas demais para dizer.

SIMON   Impossíveis de dizer.

ANTONIA   Impossíveis. E desnecessárias.

SIMON   Porque você sabe.

ANTONIA   Nós sabemos.

SIMON   Só o silêncio.

ANTONIA   O silêncio dirá tudo.

Repetem, sobrepondo-se.
Simon pega seu casaco.

SIMON   Estou atrasado. Preciso ir embora. Um dever de médico.

ANTONIA   O hospital? A esta hora?

SIMON   Uma recepção no Garrick em homenagem
a um cirurgião que se aposenta. A reluzente
bandeja com canapés,
uma multidão indecente de colegas,
discursos melosos de ardente insinceridade.
Acho que todos nós concordamos:
hoje em dia todo mundo fala e não diz nada.

Antonia, não se preocupe,
tudo vai correr bem.

ANTONIA   Você tem que ir.

Ao voltarem um ao outro, reparam em Maria. Simon faz um aceno de cabeça para ela e sai.

ANTONIA   Maria. Há quanto tempo você está parada aí?

MARIA   Acabo de entrar.
Trago algo para a visita.

ANTONIA   Não ouvi você chegar.

MARIA   A porta estava aberta, o doutor estava de saída.

Descansa a bandeja.

O jantar hoje à noite é para dois?

ANTONIA   Não posso comer hoje à noite. Vou para o meu quarto e não quero ser incomodada.

Antonia sai.

Cena três

MARIA   Sim, concordo, uma vida privilegiada
  repleta de mentiras,
Mas ninguém pede minha opinião...
Maria, que cozinha suas ceias íntimas
no fim da noite, que lava
as marcas do amor em seus lençóis,
retira a xícara com a cicatriz
vermelha do batom, que vê tudo,
a infelicidade se espalhando porque
nesta casa ninguém fala.
Ah, as mulheres indignas, indignas
com que ele gasta seu tempo.

Ela se queixa, choraminga por causa dos
malfeitos dele, o pequeno crime que deseja
cometer também. Mas prefere
a fidelidade virtuosa e sem sentido,
o longo e amargo sofrimento,
para assim se sentir superior, e trágica,
fazendo da doença sua única carreira.
Nem mesmo beija o doutor
Que rasteja aos pés dela...
Mas se casou com o homem mais excitante
do mundo. Um leão em meio às hienas,
um gênio, eles dizem. E eu digo, um deus.
O lugar onde ele entra se enche de uma luz
dourada.
São os detalhes que me fascinam:
o ângulo másculo de seu queixo,
os pelos negros encaracolados no pulso,
a mão pálida que segura a batuta,
o olhar penetrante dos olhos castanho-escuros,
uma voz quente e poderosa...
Ela se casou com ele, leva seu nome,

mas não é capaz de mantê-lo longe
de outras mulheres.

Ah, se eu pudesse, se eu pudesse...
lhe daria o que ele quer...
Acho que sei.
Na verdade, conheço suas necessidades...
A pequena crueldade sensual
Que ele gosta de infligir, sexo anal
e oral, posições estranhas.
Sou mais capaz do que pareço.
Afastar as outras mulheres da vida dele!
Então a música seria toda para mim,
e eu faria dele um homem feliz!
Delirante! Eufórico!
Meu, e só meu!

Robin entra.

ROBIN Ah, Maria, era só você.
Vim correndo para saber que barulheira era essa.

Seja boazinha e me prepare um café.
Tive um dia pavoroso com Charles.
Que sujeitinho pomposo que ele é,
agressivo, uma fraude, um medíocre.
Ah, meu Deus, estou começando
a falar como ele.
Um bule de café e um prato com queijos?

Um silêncio furioso.

… com picles?

MARIA Você sabe onde é a cozinha.
Não sou paga para mimar você.
E saia de lá deixando tudo limpinho!

ROBIN Todo mundo na Polônia é igual a você?

MARIA Na Polônia, a gente diz o que pensa.

ROBIN Sempre quis conhecer,
mas agora você me assustou.

Maria cede e leva uma bandeja até onde ele está sentado.

MARIA

Canção
Ah, Robin, você deveria ir.
É tão bonito e triste.
Temos florestas virgens
como as que vocês perderam na Inglaterra
quinhentos anos atrás,
onde os lobos e as águias caçam,
e correm rios límpidos em que se pode
encostar a boca e beber.

ROBIN   Que romântico! Ouvi dizer que as cidades
são bem feias, e entre elas há campos
sem árvores com plantações de batata.

MARIA   Os exércitos que nos conquistaram,
vindos do leste e do oeste, se esqueceram
de destruir a beleza duradoura,

embora quase tenham destruído
nossa vontade de viver. Mas agora que somos livres
uma nova tristeza está em nossos corações.
A linda cidade onde eu cresci
está ficando silenciosa, envelhecendo.
Nós, os jovens, estamos fugindo para o ocidente —
encanadores, enfermeiras, carpinteiros
que deviam erguer a nova Polônia —
mas o dinheiro nos atraiu para bem longe.

ROBIN A culpa é de vocês, não do dinheiro.
Se realmente gosta de sua cidade natal,
volte para lá ou pare de reclamar.

CHARLES (*dos bastidores*) Robin! Preciso de você.
Porra, rapaz, onde está você?

ROBIN De novo, não! Nunca mais vou ter um momento de paz!

MARIA   Peça demissão ou pare de reclamar.

Entra Charles. Alguém está com ele, mas não se pode ver quem é.

Cena quatro

CHARLES (*exultante, segurando uma partitura manuscrita*) Ah! Robin, o mestre do sumiço! Sempre se escondendo quando preciso de você. Para o ensaio de amanhã, as partes orquestrais estão todas prontas?

ROBIN Preparei todas na semana passada.

CHARLES Preciso inserir uma coisa.
Você vai precisar trabalhar a noite toda.
Trinta e dois compassos para um solo de trompa…
flutuando, dando cambalhotas, caindo docemente.

Sustentados delicadamente por cordas suaves...

Joan vem para a frente.

ROBIN (*aparte*)   Um momento de beleza pura na cama —
Essa é a inserção que ele precisava fazer!

JOAN   Tão excitante!
Tivemos nossas diferenças,
E resolvemos num instante.
De agora em diante somos parceiros.

CHARLES   E, Maria, minha querida, mulher maravilhosa,
sem a qual esta casa não ficaria de pé,
precisamos de champanhe e uma ceia para dois,
no escritório.

MARIA   Lebre na panela de barro ou gulache?
Carne de veado ou um dourado?

Pommes purées ou sautées?
Beterraba com uma crosta de sal?
Figos no vinho do Porto com sorvete de lavanda?

CHARLES   Qualquer coisa. É só trazer.
Minha *Aubade demoníaca*, resumo impetuoso de tudo que eu sei,
tudo o que senti até hoje, elevada a uma nova expressão,
uma nova aurora em trinta e dois compassos.
Meu caro rapaz, a história o terá entre os privilegiados
Por escrever essas partes.

JOAN   Desde Britten, desde Mozart,
a trompa não teve um tão grande amigo.

ROBIN   Trabalhar até o sol raiar na minha noite de folga…
Humildemente agradeço do fundo
do meu desprezível coração.

MARIA (*aparte*) "Você, minha querida, mulher maravilhosa,
sem a qual"... estou sonhando,
mal consigo ficar de pé.

Ele está me enviando uma mensagem pelas costas dessa vagabunda ambiciosa.

CHARLES Uma intérprete com tamanha sensibilidade
e talento, um toque tão suave.
Sinto que ela me entende.

ROBIN Quem pode duvidar disso?

JOAN Por você, sempre darei o melhor de mim.

CHARLES Maria, uma palavrinha a sós, por favor.

MARIA Ah, meu coração...

Ela o segue para fora do palco.

ROBIN   Humilhação, perdão, sedução
numa única tarde — ah,
o vigor predatório dos que começam a envelhecer,
gastando seus últimos centavos.

Cena cinco

Escritório de Charles.

CHARLES   Como estava Antonia hoje? Ela viu alguém?
Saiu? Estava infeliz?

MARIA   Não mais que o normal.
Apática como de costume,
tentou ler, tentou comer, viu televisão
por meia hora, zanzou pela casa.
Mas se animou
quando chegou o bom amigo dela, o doutor.

CHARLES   Ele veio de novo?
Simon e aquele olhar açucarado de quem está à cabeceira do leito.
Ficou muito tempo?

MARIA   Não gosto de dizer isso,
Não é da minha conta...

CHARLES   Mas é da minha, por isso diga...

MARIA   Tentei não reparar, não gosto de espionar.
Eles estavam bem pertinho um do outro,
o doutor pegou na mão dela, ela olhou fixamente para ele,
falaram sobre um leito...

CHARLES   Um leito? Ele falou em leito?
Por que estranha lógica
me sinto tão mal?

MARIA   Ele gosta dela...

CHARLES   Gosta?

MARIA   Ele sente carinho...

CHARLES   Carinho? Quer dizer...

MARIA   Quero dizer que a ama...

CHARLES   Ele a ama!
Ah, o experiente toque dos médicos.
E ela...

MARIA   Ainda é jovem. Está solitária,
acha que é bonita,
acha que está doente,
sofre muito.

Ele faz um gesto para que ela vá embora.

Maria sai.

CHARLES   Sofre muito porque
não dou atenção a ela, só ao meu trabalho,
e aos meus... meus lazeres.
Não há justiça em minha raiva,

mas também não posso negá-la.
Debaixo do meu nariz, na minha casa,
um homem se engraçando com minha mulher
em nome da medicina!
Vou mostrar a ele o que é a duplicidade
com meus punhos! Aquele sonso safado,
aquele pilantra, aquele mentiroso, uma desgraça
profissional!
Será que estou ficando louco?
Sei o suficiente para saber que a culpa também é
minha.
"Ainda jovem", "solitária", "sofre muito",
enquanto a mulher que me espera
é a quinta este ano, talvez a sexta.
Antonia, leal e bondosa,
Esse foi sempre o nosso acordo.
Mas será que tenho força de vontade para parar?
Odeio o doutor e odeio a mim mesmo.

Maria, preciso de você. Maria!

(Será que tenho força de vontade? Preciso de alguém
que me obrigue a cumprir minha palavra.)

Maria entra.

Maria, tomei uma decisão importante.
Seja minha testemunha dessa promessa.
Aquela moça que você viu vai ser a última.
Prometo isto agora,
Diante de você.

MARIA   Está fazendo essa promessa a mim?

CHARLES   Sim, a você. Me conhece bem.
Estou fazendo essa promessa a você.
Ela é a última, juro.
Conto com você
para manter minha palavra.

Charles sai.

MARIA   Eu podia me dizer que é um sonho,
um interlúdio psicótico, o desejo puro
que distorce minha razão,
projeções desgovernadas...
mas sei o que sei;
como todos os homens, ele mal consegue
compreender a si mesmo.
Agora por fim se dá conta
do que eu sempre soube.
Ele fez sua promessa, que não vale nada,
e é quase, quase, quase meu.

Cena seis

O escritório de Charles. Ele e Joan estão numa cama em meio a um emaranhado de lençóis — e não se mexem.

JOAN   Dizem que uma ereção nunca mente.
Mas isto também fala por si,
quando você murcha ao ser tocado por mim.

CHARLES   Não compreendo,
simplesmente não compreendo.

JOAN   Você acha que sou feia, ou então exigente demais.

CHARLES   Nada disso.

Você é bonita, e adoro
suas exigências. Por favor não se vista.
Isso nunca me aconteceu antes.

JOAN É o que dizem todos os homens.
Será que você está velho demais?

CHARLES Não diga isso. Não se vista.
Venha se sentar aqui ao meu lado.
Isso mesmo. E me beije, me beije.
Está vendo? Melhorou.
Prometo que vai dar certo.

Continuam a se abraçar e beijar.

JOAN Sim, está melhor. Sim, dá para ver.
Desculpe por minhas palavras raivosas.
Adoro seus beijos e
estou começando a sentir você agora.

CHARLES Minha querida, tudo vai dar certo.
Meu apetite é tão forte como sempre foi...

Maria entra de repente, trazendo uma bandeja.

MARIA Para você...
Beterraba cozida no sal,
seguida de carne de veado,
exatamente como pediu...

CHARLES Agradeço, mas...

MARIA Figos no vinho do Porto, um tinto vigoroso,
perfeito para uma ceia de trabalho,
para músicos ocupados que nunca sabem
quando parar.

Ela se movimenta em volta deles, decidida a separá-los, ajeitando travesseiros, arrumando uma mesa para Charles e Joan comerem na cama. Antes que possam protestar, estão deitados lado a lado diante do banquete.

CHARLES Maria, muito obrigado,
mas você devia ter batido à porta.

MARIA   A bandeja era pesada e minhas mãos não estavam livres. Devo abrir o vinho?

Ela pega a garrafa. Uma batida na porta.

CHARLES   Que droga, quem será agora?

Robin entra.

ROBIN   Ah, maestro, o senhor está ocupado.
Não faz mal.
Há um problema com a partitura.
Faltam quatro compassos para as cordas.

CHARLES   Quatro compassos? Não diga bobagem!
Pelo amor de Deus: os violinos repetem.
Você é cego? Não viu as anotações?

ROBIN   Não tem anotação nenhuma, e meus olhos são bons.

Antonia entra com uma pequena mala, seguida por Simon.

CHARLES   Meu Deus! Agora isso. Ela está me trocando
pelo médico e pelo leito dele.

Antonia se aproxima.

ANTONIA   Combinamos que você nunca traria seu trabalho para casa.
Essa é a flauta casada com o banqueiro,
ou a harpa com o filho autista,
ou o violoncelo com a casa no País de Gales?

JOAN   Nenhum desses instrumentos. Sou a trompa.

ANTONIA   Claro, e já está com uma bela de uma tromba.

JOAN   Trocadilho ruim.

ANTONIA   Não, queridinha, ruim é você.
Ele ofereceu o solo de trinta e dois compassos?
E prometeu um concerto?

Joan se levanta raivosamente da cama.

JOAN   (*para Charles*)   Ah, então é assim?
É sempre assim?

ANTONIA   Você não passa de uma variação
sobre o mesmo tema.

Sexteto
(*Charles suplicando a Antonia; Simon tentando levá-
-la embora; Robin se dirigindo a Simon; Joan, furiosa, se
vestindo; Maria de lado.*)

{CHARLES — Estou perdendo você, e só posso me
culpar.

{ANTONIA — Casa e hospital me deixam arrasada.

{ROBIN — Ah, depois da arrogância da fama vem o pesar.

{SIMON — Hoje em dia todo mundo fala e não diz nada.

{JOAN — Ora, trinta e dois compassos, é uma piada!

{MARIA — Ele fez sua promessa, vou cobrar.

TUTTI
Silêncio e falsidade,
ambição e derrota,
amor, música, lealdade, autoilusão —
assim se cria uma tremenda confusão.

Fim do ato 1

ATO 2

Cena um

Hospital. Em volta do leito de Antonia há cabos, tubos, equipamentos de controle. O pulsar constante do monitor cardíaco marca o ritmo de seus pensamentos quando ela começa a despertar.

ANTONIA (*semiadormecida*) Ela não disse nada, e esperou que ele voltasse.

Ela desperta.

Canção
Nas margens da memória e do sonho
vi um casal numa ponte de Londres
em meio a uma nevasca no começo da noite.

De mãos dadas, perdidamente apaixonados,
com planos e gritos hilariantes
eles atravessaram para o outro lado.
E, ah, como cuidavam um do outro,
que cuidados especiais trocavam na cama.
O trabalho dele, o dinheiro dela, a liberdade dos dois —
sem imaginar como a vida de adultos
seria capaz de desinventar aquele amor.

Por fim eles imaginaram tudo
em meio ao fragor dos aplausos de plateias deliciadas,
dos arrebatados louvores, da fama estonteante,
capas de revista, festas, portas abertas.
E ele cresceu até se transformar num leão,
sua ambição musical cada vez maior,
enquanto ela encolheu, ficou do tamanho
de um camundongo.
Viagens, concertos, hotéis,

mulheres em lugares distantes —
o mundo se tornou mais ruidoso e triste.
Seu trabalho não toleraria a presença de crianças,
a casa ficou silenciosa e fria.

E eu não disse nada,
e esperei que ele voltasse.

As luzes se reduzem e um foco ilumina Charles sentado numa cadeira, de sobretudo.

CHARLES   Lembro daquela nevasca na ponte
quando atravessamos o rio para meu primeiro concerto
no Festival Hall, e enquanto andávamos
íamos cantando, da *Flauta mágica*,
Mann und Weib und Weib und Mann —
Meu Deus, como éramos felizes.

Ele caminha até a beira do leito.

ANTONIA   Seu concerto para oboé, tão gracioso
e livre —
você me disse que era uma carta de amor musical.
E quando a multidão deixou que você partisse,
bebemos champanhe num terraço à beira do rio —
a cidade a nossos pés, silenciosa e branca.

CHARLES   O terraço pertencia a um milionário
cujo nome esqueci.

ANTONIA   E dançamos na neve...

CHARLES   Bêbados de música e de amor.

Súbita mudança.

ANTONIA   (*excitada*)   Então, um mês depois, você
transou com a oboísta.
Assim começou a sucessão infinita
do que gentilmente chamamos de seu "trabalho".

CHARLES   Não pense nessas coisas quando
acabou de sair de uma operação tão séria.

ANTONIA   Depois de tal carnificina, haveria hora melhor?

CHARLES   Não posso pedir que me perdoe pelo que fiz
por vontade própria. Após todos esses anos, mais um pedido de desculpa seria um insulto.

ANTONIA   (*se acalmando*)   Pelo menos desta vez você fala a verdade.

CHARLES   Tudo o que peço é paciência, me dê um tempo para ganhar sua confiança, tempo para lhe mostrar,
não com palavras mas com ações, que eu voltei. Vamos atravessar outra ponte juntos.

ANTONIA   Meus membros estão pesados, sinto que estou afundando,
mas, na luz clara da morfina, vejo tudo agora. Acho que você sabe que há um homem que me ama.

Simon e uma enfermeira entram sem serem observados.

Seus ciúmes e seu orgulho foram provocados.
Isso não é remorso ou mudança de atitude,
mas uma cega possessividade, o velho hábito
que você tem de pegar o que pensa que é seu.

CHARLES (*corre para a beira do leito*) Não diga isso!
Minha querida, quero lhe mostrar como
mudei. Tomei minha decisão,
fiz uma promessa solene...

Acidentalmente, Charles derruba um monitor. Simon e a enfermeira correm para afastar Charles.

SIMON Saia de perto desses fios! O que está pensando? Está querendo matá-la?

ENFERMEIRA A vida dela depende dessas máquinas.
O senhor não deve chegar tão perto.

A enfermeira cuida de Antonia, que está adormecendo.

CHARLES   Estávamos falando de traição,
E creio que falávamos de você.

SIMON   (*conduzindo Charles em direção à porta*) Saia agora.
Ela precisa descansar. Você precisa ir embora.

CHARLES   Eu tenho que falar com ela. Nós dois precisamos ficar sozinhos.

ENFERMEIRA   Por favor... por favor, nenhuma violência aqui!

SIMON   Você precisa ficar sozinho, ela precisa dormir.
É minha paciente, sei o que é melhor para ela.

CHARLES   Sim, me disseram que é isso que você pensa.

Sabe que há códigos de ética
para médicos e seus pacientes?
E, na minha casa,
há regras de hospitalidade
e você, meu amigo, se aproveitou.

SIMON Mas neste hospital quem dá a última palavra sou eu.
Já pedi que saia. Devo chamar um segurança?

CHARLES (*furioso, ao sair*) Um homem fraco se esconde sob o manto
da autoridade... Parece que ela está sob seus cuidados.
Mas ouça, doutor, não ouse abusar da sua posição,
ou farei com que o expulsem daqui. Diga o que quiser,
ela é minha mulher e pertence a mim!

Cena dois

A casa dos Frieth em Londres. Escritório de Charles. Maria faz a limpeza, Robin está sentado a uma mesa cercado por pilhas de partituras. No chão, bolinhas de papel amassado.

ROBIN Dezesseis horas escrevendo as partes —
trinta e dois compassos para a mais recente conquista,
e então resolve mudar a orquestração,
agora está insatisfeito com as cordas —
estou tão cansado que essas notas nadam
diante dos meus olhos como peixes bêbados.
O ensaio começa esta tarde.

Meu reino por um programa de computador —
mas o velho idiota não permite.

MARIA   Você tem é sorte: está trabalhando para
um gênio.

ROBIN   Aubade — nome bonito para uma forma
poética —
o poeta saudando delicadamente o nascer do sol,
depois se separando com tristeza de sua amada,
ou ternamente pedindo que ela não se vá.

Mas aqui vem a *Aubade demoníaca* —
o grande compositor atormentando a aurora
com sua modernosa algazarra. Em sua idade,
ele deveria estar pensando no pôr do sol.

MARIA   Pura inveja. Você quer ser compositor —
vi as páginas rasgadas naquele seu quarto imundo.
Mas, no fundo, sabe que não tem talento.

ROBIN   Isso significa que mais uma vez
você se recusa a me servir uma xicarazinha de café?

MARIA   Tenho coisas melhores para fazer.
Hoje é um dia importante, o ensaio importante
da composição mais importante dele.
O destino o chama, a história o empurra para a frente
e ele precisa da minha ajuda. Conta comigo para…

ROBIN   Para passar as camisas dele — sua pobre escrava iludida.

Entra Charles, diretamente do hospital, ainda de sobretudo, ainda furioso.

CHARLES   Não terminou? Andou dormindo?
Quanto tempo mais vai levar?

ROBIN   Preciso de mais meia hora.

CHARLES   Quero que vá para a sala de ensaio agora e
se certifique de que a percussão foi entregue.
É urgente — lembre-se do desastre que tivemos na última vez.

ROBIN   (*continuando a escrever*)   Como posso esquecer?

Maria tira o casaco de Charles.

CHARLES   Pratos, tam-tam, roto-tom,
tímpanos, bombo, percussão,
carrilhão, caixa, vibrafone —
certifique-se de que estão todos no lugar.

ROBIN   Mas estão esperando por essas partes...

CHARLES   Quando eu digo agora é para ser agora —
Pode terminar quando voltar.
Não fique sentado aí, rapaz, vá logo!

Robin sai. Charles caminha de um lado para o outro sem cessar. Maria lhe serve café de uma garrafa térmica e espera.

Dueto
O fato, Maria,
é que estou cercado de idiotas neste dia crucial,
quando minha mente deveria estar livre…

MARIA (*aparte*) Ah, meu amor, posso consolá-lo agora.

CHARLES … livre desta angústia, deste peso do sofrimento.
Se eu pudesse viver sem uma mulher…

MARIA (*aparte*) Ele quer dizer sem a esposa.

CHARLES Nunca deveria ter me casado com ela, e me enredado em mentiras.

MARIA (*aparte*) Ele não ousa falar a verdade sobre o nosso amor.

CHARLES   Como posso apagar o passado,
como posso persuadi-la de que a amo?

MARIA   (*aparte*)   Ele tem vergonha de seu horrível casamento,
e agora precisa dizer a ela que me ama.

Ficam face a face. Maria oferece a xícara, que ele recusa com um gesto de mão.

A operação foi um sucesso?

CHARLES   Ah, sim, um sucesso. Antonia não vai morrer —
o médico cumpriu a missão,
mas eu era capaz de estrangulá-lo, aquela cobra odiosa.

MARIA   (*aparte*)   Com raiva do médico por salvar a vida inútil dela!

CHARLES   Se o assassinato fosse um de seus deveres domésticos,
eu mandaria você para o hospital agora. Ahh!

MARIA (*aparte*) Para ter sucesso onde o doutor fracassou,
acabando com o sofrimento dela!

CHARLES Mas eu sei que sou um hipócrita e um idiota...

Mais calmo agora, Charles apanha algumas partituras. Distraidamente, olha de relance o trabalho de Robin quando se prepara para sair.

Deixe eu lhe fazer uma pergunta simples,
Maria: já pensou em se casar?

MARIA Pergunta a mim? Ah, não, mas sim, mas não,
Mas sim, quer dizer, minha resposta é obviamente
Sim, é claro, um simples sim.

CHARLES Não quis constrangê-la. Mas pense com cuidado,

é tudo o que tenho a dizer. Muito cuidado.
Não só com a dor que lhe é infligida —
tenha cuidado com a mágoa que você pode causar.
Lembre-se do meu exemplo.

Ele sai.

MARIA Mas, meu amor, nunca vou lhe causar nenhuma mágoa,
E sei que você nunca me fará sentir dor.

CHARLES (*fora do palco*) Mande Robin me procurar quando voltar.

Maria pega o casaco de Charles e se abraça a ele.

MARIA

Canção
Ao ouvir sua voz sinto
as pontadas de um desejo ávido.

Sei que minha dor é igualzinha à sua —
Diante de nós a mesa é farta mas nosso amor se extenua.

Você apresentou a questão tão bem —
a ordem oculta sob uma risada,
e depois me fez a pergunta —
acha que não respondi claramente?

Minha vida era mais chata que esfregar o chão,
Dias esquecidos em tarefas iguais,
varrer, enxugar, limpar —
agora, sim, da lida sem sentido poderei me livrar.

Deixe eu varrer as tristezas da sua vida,
Enxugar as lágrimas das mentiras, limpar o passado.
Meu dever doméstico é a obediência —
minha resposta é um sim amoroso.

Mas preciso uni-lo a mim
antes que mude de ideia,
fazer do amor um doce cativeiro
onde você, meu querido, suspire até o dia
derradeiro.

Cena três

O hospital. Antonia na UTI. O equipamento como antes. A enfermeira e um médico jovem estão cuidando da paciente quando Simon entra.

MÉDICO JOVEM   Todos os sinais dela estão bons. Continua estável,
mas está fraca, seu pulso é débil.

ENFERMEIRA   É cedo demais para mandá-la para a enfermaria.

SIMON   Então vamos mantê-la aqui mais um dia...

Mas antes de irem embora quero lhes dizer o seguinte:
o marido dela sem dúvida vai voltar
e, quando isso acontecer, devem me avisar
imediatamente. O estado de espírito dele é perigoso...

ENFERMEIRA Esta manhã, quando avançou para o leito dela,
pensei que ele fosse matá-la.

MÉDICO JOVEM Todo mundo no hospital está falando nisso.
Difícil de acreditar, sendo um homem tão famoso.

SIMON Fantasias causadas pelo ciúme, cobiça pela fortuna dela,
as pressões de uma vida criativa,
até mesmo um distúrbio psiquiátrico —
quem sabe —, talvez tudo isso seja uma bobagem,

mas não vamos correr riscos, não o deixem
sozinho aqui.

Saem a enfermeira e o médico jovem.

Não posso deixá-lo a sós com ela,
mas quem esquecerá este abuso
de poder profissional ou curará
minha febril compulsão de enganar?

Quando fiz a complexa operação,
sabia que a estava salvando para mim mesmo,
não falei a ninguém sobre nossas relações,
que a amo e espero faz sete anos.
O amor me transformou num especialista em fraude,
consultor sênior em trapaças;
Agora ele quer tomá-la de volta, exigir
com toda a força o que teme perder.
Vai se insinuar, ameaçar, se arrepender, se redimir —
não ouso deixá-lo a sós com ela.

ANTONIA (*se mexendo*) E esperei que você voltasse...

SIMON Antonia...

ANTONIA Ele nunca vai me fazer mudar de ideia.
Já lhe disse. Ele sabe...

SIMON Sim, ele sabe, e quer você de volta.

ANTONIA Não pode me tocar agora que estou com você.

SIMON Comigo — isso é o que eu ansiava ouvir.
Mas, Antonia, você está totalmente desperta?
Sabe o que está dizendo?
Sabe onde está?

ANTONIA Estou flutuando muito acima de uma planície infinita
que é verde até a curva do horizonte.
Sigo em sua direção,

da infelicidade para o calor,
do frio para a verdade,
do silêncio para a alegria.

SIMON   Não há necessidade de silêncio.

ANTONIA   Tanto a dizer.

SIMON   Sim. Temos muito a nos dizer.

ANTONIA   E por fim podemos dizê-lo.

SIMON   A infelicidade acabou.

ANTONIA   Porque sabemos.

SIMON   Sabemos.

ANTONIA   Só alegria.

SIMON   A alegria dirá tudo.

Repete, sobrepondo-se. Eles se beijam. Sem ser vista por eles, uma figura de casaco negro se move na penumbra para o centro do palco.

Precisam de mim na sala de cirurgia.
Volto logo.

Beijam-se de novo.

ANTONIA   Vou dormir agora, meu querido.
Mas volte quando puder.

Simon sai.

ANTONIA   (*adormecendo*)   Nas margens…
Nas margens entre o sonho e o despertar
vi um casal…
vi um casal se apaixonando…

Maria se desloca em silêncio para o fundo do palco.

MARIA   Que agonia, ficar nas sombras
ouvindo aqueles dois conspirando —
o execrável orgulho dela disfarçado de virtude,
e ele um mentiroso compulsivo
por sua própria confissão.
Como ousam chamar isso de amor,
esse caso encolhido, tímido e desonesto.

Como pode se comparar com o meu?

Ela caminha para o leito.

Só os ricos dormem tão profundamente,
com tão doce despreocupação.

O obstáculo final à felicidade.
Minhas instruções foram claras,
E não tenho força suficiente
para resistir ao poder de sua lógica.

Meu dever como doméstica
é eliminar as ervas daninhas...

Ela arranca das tomadas os fios dos equipamentos de suporte à vida. Lenta e deliberadamente, deixa que o casaco de Charles caia de seus ombros no chão.

Ninguém me viu chegar,
ninguém me verá partir.

Maria desaparece de novo em meio às sombras.

ANTONIA (*baixinho*) Estou sentindo frio, tanto frio,
A casa vai ficando quieta e fria.
E nada posso dizer
enquanto espero que você volte,
enquanto espero por você, enquanto espero...

O monitor só mostra linhas horizontais. Sons crescentes da afinação dos instrumentos de uma orquestra.

Cena quatro

Sala de ensaio. Prossegue a afinação. O lá é tocado e repetido por outros instrumentos. Charles sobe ao palco e se dirige à orquestra com a batuta na mão. Robin o acompanha. Maria está ao lado, trazendo uma toalha limpa para seu senhor.

CHARLES   Toda a percussão está aqui?

ROBIN   Até o último instrumento, tudo entregue direitinho.

CHARLES   Você se livrou daquela trompista? Esqueci o nome dela.

ROBIN   Sim, foi substituída por aquele sujeito barbudo.

Charles toma posição.

CHARLES   Senhoras, senhores,
Sinto-me muito honrado de que esta famosa orquestra
execute a première mundial da *Aubade demoníaca*.

A orquestra aplaude. Charles ergue a batuta, a peça tem início enquanto ele a descreve.

Um sol avermelhado pela poeira se levanta
Na fímbria do horizonte de um frio deserto.
Logo sentimos a crueza dos raios,
o alvo e inclemente calor da criação,
qual a imaginação
lutando nas dores do parto.
Fazendo esforços para dar vida.
Esta música também é um sol que se levanta,

cada vez mais ardente ao ganhar altura,
até sermos obrigados a afastar a vista...

e buscar abrigo. O sol se transforma
na face de Deus que somos proibidos de
contemplar.

Charles se afasta da orquestra.

A luz da criação também cega.
O artista não consegue ver o sofrimento que causa
nos que o cercam. E eles nunca
compreenderão a pureza de seu objetivo, como o calor
de sua invenção não derreterá
o gelo em seu coração.
Ele precisa ser implacável!
Nenhuma religião, nenhum propósito exceto este:
fazer alguma coisa perfeita antes de morrer.

A vida é curta, a arte é para todo o sempre —
a história perdoará minhas ações porque
minha música viu a face do sol.

Sem serem observados, entram uma policial à paisana, a detetive Black; uma policial uniformizada, a tenente White; e Simon, desolado. A tenente White traz o casaco de Charles.

Charles volta para perto da orquestra no momento em que a Aubade *chega ao clímax.*

CHARLES   Ela se ergue! Alça voo!

DETETIVE BLACK   É aquele ali?

SIMON   Ele mesmo. O marido dela.

WHITE, BLACK   Por favor, meu senhor.

CHARLES   Nada resiste a seu poder!

WHITE, BLACK   Gostaríamos de lhe falar.

CHARLES   Sua fúria, seu calor!

WHITE, BLACK   Não vai tomar muito tempo.

Os instrumentos vão parando aos poucos.

CHARLES   Como ousam se intrometer dessa forma!

DETETIVE BLACK   Nos disseram que o encontraríamos aqui.

TENENTE WHITE   Isto é seu?

CHARLES   Acharam meu casaco. Muitíssimo obrigado.
Dê para meu secretário e depois, senhoras, saiam por favor.

WHITE, BLACK   Temos algumas perguntas para lhe fazer.

O diálogo se torna rápido e tempestuoso.

CHARLES   Perguntas? Perguntas? Perguntas? Sabem onde estão e quem eu sou?

TENENTE WHITE   O senhor o deixou junto ao leito de sua esposa moribunda?

WHITE, BLACK, SIMON   O casaco que você mesmo diz que é seu!

CHARLES   Moribunda? Falou mesmo moribunda?

DETETIVE BLACK   O senhor saiu às pressas. Foi surpreendido por alguém?

BLACK, WHITE, SIMON   Correu para salvar sua vida!

CHARLES   Moribunda? Não entendo.

SIMON   Você a matou porque era a mim que ela amava?

WHITE, BLACK, SIMON   Seu ciúme louco!

TENENTE WHITE   Era o dinheiro dela que queria?

WHITE, BLACK, SIMON   Sua cobiça terrível!

DETETIVE BLACK   Uma enfermeira e um médico o viram
fazer uma tentativa fracassada de matá-la.

WHITE, BLACK, SIMON   Não pode negar isso!

ROBIN   Certamente há um mal-entendido.
Por que não se sentam?

MARIA   (*aparte*)   Cada minuto o traz para mais perto de mim.

CHARLES   Estou enlouquecendo?
Que conversa é essa de matar e morrer?
Como posso responder a suas perguntas
quando minha mulher não está morta?

SIMON   Que fingimento asqueroso!

DETETIVE BLACK   (*enquanto a tenente White põe as algemas em Charles*)
Não está morta! Boa defesa.
Diga isso ao juiz.

TENENTE WHITE   Não está morta — talvez uma questão de opinião!
Hahahaha! Por aqui, amigo.

Ela começa a levá-lo para fora.

CHARLES   (*implorando baixinho*) Por favor, me digam que Antonia não está morta.

DETETIVE BLACK   Não vai achar ninguém que possa lhe dizer
que ela não foi assassinada no leito do hospital.

CHARLES   Assassinada...
Quem poderia assassinar a bondosa Antonia?

Ele está de frente para Maria.

Não... não...

Maria permanece em silêncio.

Mas por quê?

TENENTE WHITE   Agora por aqui, meu senhor.
Nosso carro o espera.

MARIA   Por você, meu querido. Por você.

White e Black começam a levar Charles embora.

CHARLES   Maria! Você tem que lhes contar a
verdade!

MARIA   A verdade é esta. Eu o conheço melhor
do que você se conhece. Sei que seus anos na
prisão
vão lhe ensinar a amar.
Farei do seu cativeiro um lugar feliz.
No deserto do tempo vazio, minhas visitas
serão seus doces oásis.

CHARLES   Você está completamente maluca?
Diga-lhes a verdade!

MARIA   Como heróis num filme de prisão, nós
vamos

apertar as mãos ao mesmo tempo
contra o vidro espesso.

CHARLES   Esta é a assassina. Prendam-na!

WHITE, BLACK   Por aqui agora.

MARIA   E quando por fim o soltarem,
e você estiver velho e fraco,
vou levá-lo para casa
e cuidar de você, cuidar de você.

CHARLES   Não sou o assassino. Por favor me ouçam!

WHITE, BLACK, SIMON, ROBIN, MARIA
Os anos solitários de cativeiro feliz,
O doce oásis de suas (minhas) visitas.

MARIA   Este foi o presente que eu trouxe...

WHITE, BLACK, SIMON, ROBIN, MARIA   Para você!

CHARLES   Eu sou...

MARIA   Eu sou a única amante.

WHITE, BLACK, SIMON, ROBIN, MARIA   Para você!

CHARLES   Eu sou agora...

MARIA   E vou me guardar...

WHITE, BLACK, SIMON, ROBIN, MARIA   Para você!

CHARLES   Eu sou agora um desgraçado.

WHITE, BLACK, SIMON, ROBIN, MARIA   Ela (eu) vai (vou) se (me) guardar para você.

Charles é levado embora.

Maria fica.

Fim

Sobre o autor

Ian McEwan nasceu em Aldershot, Inglaterra, em 1948. Seus livros já lhe renderam uma série de prêmios literários, entre eles o Man Booker Prize e o Whitbread Award. Dele, a Companhia das Letras já publicou *Reparação*, *Na praia*, *A balada de Adam Henry* e *Enclausurado*, entre outros.

ESTA OBRA FOI COMPOSTA PELA SPRESS EM TRUMP E IMPRESSA EM OFSETE
PELA GEOGRÁFICA SOBRE PAPEL PÓLEN BOLD DA SUZANO PAPEL E CELULOSE
PARA A EDITORA SCHWARCZ EM JUNHO DE 2018

A marca FSC® é a garantia de que a madeira utilizada na fabricação do papel deste livro provém de florestas que foram gerenciadas de maneira ambientalmente correta, socialmente justa e economicamente viável, além de outras fontes de origem controlada.